逆旅

Don't go too fast, you will lose your heart

黄山 著

天津出版传媒集团

天津人民出版社

图书在版编目（CIP）数据

逆旅 / 黄山著 . —天津：天津人民出版社，
2015.10
ISBN 978-7-201-09453-3

I. ①逆… II. ①黄… III. ①散文集—中国—当代
IV. ① I267

中国版本图书馆 CIP 数据核字（2015）第 161634 号

逆旅 黄山 著

NI LU

出 版	天津人民出版社
出 版 人	黄沛
社 址	天津市西康路 35 号（300051）
邮购电话	022-23332469
网 址	http://www.tjrmcbs.com
电 邮	tjrmcbs@126.com
责任编辑	任洁
摄 影	小布
特约编辑	陈可 张树
装帧设计	张树
策划统筹	广州凌速文化发展有限公司
	地址 / 广州市农林下路 81 号新裕大厦 12 楼 K 室
	电邮 / iec2013@163.com
制版印刷	利丰雅高印刷（深圳）有限公司印制
经 销	新华书店
开 本	787×1092 毫米 1/16
印 张	9
插 页	4
字 数	100 千字
版 次	2015 年 10 月第 1 版 2015 年 10 月第 1 次印刷
书 号	ISBN 978-7-201-09453-3
定 价	48.00 元

目
录

2 　 九　州 KYUSHU

5 　 关于我
13 　 关于青春
19 　 关于梦想
21 　 一些"八卦"

36 　 大　阪 OSAKA

39 　 玩物
43 　 认同的代价
51 　 美丽与内涵

70 　 纽　约 NEW YORK

73 　 公路情结
81 　 摇滚精神
95 　 梦想的力量

116 　 东　京 TOKYO

131 　 Don't go too fast, you will lose your heart

九
州
KYUSHU ◆

关于我

我出生在泸州市的一个小县城，现在看应该算是城乡接合部一样的地方。小学的时候每天中午放学是 11 点 20，我和几个小伙伴步行 20 分钟去河对面的书店看 10 分钟的漫画，再走 20 分钟回家。那时候就想，以后如果能画漫画，能去大城市就好了。中学的时候学美术，整个地区的大多数美术生都把考上中国美院作为梦想，我当时想着，能考上八大美院的任何一所都谢天谢地了。我们都很年轻，在不远的过去，我们有着这样那样的梦想，并且一一实现。小时候在村里，觉得这辈子都没有可能去香港玩，现在去腻了。中学的时候觉得去一次日本秋叶原就是梦想，现在每年出差都要去。过去觉得能和她或者他说一句话就太幸福了，现在我们常在一起嬉笑怒骂。

回头看过去的世界，总是渺小的，所以不要看不起自己，十年后，你就是现在自己眼中的世界第一。

我妈说我 4 岁的时候第一次回重庆老家，在解放碑看到周围的霓虹灯就变得非常激动。我现在走在银座四町目的十字路口，或者曼哈顿第五大道上，听着人声鼎沸，内心平静。

说起来其实也没活多少年。早些年读书的时候，特别喜欢感慨人生，觉得已经经历了很多蹉跎。写点伤春悲秋的文字，然后在博客上放一些蒙太奇的图片，就在自己的世界观里面组成了几乎是全部的青春。很快我们就发现，其实并不是这样。

有话说活着的意义就是寻找活着的意义，所以很多人随着岁月流逝，阅历增加，便开始觉得这种年轻的文字是无病呻吟。伤春悲秋的文字虽然矫情，但其实也并不能说是一种错，顶多也就算是找错了方式或者说是陈述了一些与自己青春无关的只言片语而已。那属于十几二十岁的青春究竟是怎样的，真的是要等这段浑浑噩噩的岁月完全过去了，心里才能描摹出它具体的样子。随着年龄的增长，确实是能明显地感觉到心境的变化。就像初中的你会觉得六年级很幼稚是一样的，大多数人往往会忘记自己上个月还在上六年级，所以以今天的自己去否定昨天的自己是一件很不公平的事情。

　　而我发现对于我自己来说，一件很局促的事情就是，最终发现能总结自己这几年生活领悟的，依然是这种文字。就好像好不容易熬到了大学，却发现作文的命题和小学时是一样的，也意味着我经历的人生就是如此的松散。

　　浑浑噩噩就到了现在这个样子，看着很多同龄人，也难免觉得自己是一事无成。我相信这种自我否定的情绪应该会在自己的生命剧目中反复登场，这个时候会忽然发觉身边成功成名的那些同龄人开始在你身边闪烁，他们都很耀眼并且执着，生命中充满了无尽力量与详细的规划。这些元素看上去无懈可击、天衣无缝，他们只要根据这些元素组成的轨迹，就可以飞跃到无限，将他们和你之间的距离越拉越远。反观自己，感觉一团乱麻，规划混乱，目标模糊，有力使不上甚至根本没力气，面对镜子只觉得面目可憎。整个生活都找不到一个出口，最终只有去抱怨命运。

岁月蹉跎，自己所感受到的这些负面的状态，偏偏时常还都是真实的。不过那些看上去完美的轨迹与命运宠儿却不一定真实，可能没有我们想得这么美好，或者更糟。

　　我时常会落入这种想法与状态的黑洞，曾经认为，自己那些被承认的优点都是虚假的，因为这些美好是如此的来之不易，简直花掉了我所有的力气，并且一旦松懈就会立刻被打回原形。我拼了命才拥有所谓事业、知名度、专业成就，但和其他拥有这些的人比起来，自己就像是一个冒牌货，披了一层假皮的伪装分子，自卑且易怒。

　　接着就会开始患得患失，担心自己没有办法在熟人中做一个好人，担心自己的话被大家抓把柄，担心自己的残照被发现等等。拥有的越来越多，前进得越来越难，我们则越来越心神不宁，并且开始在生活中举步维艰。

　　有一次和一个导师聊天，我说："我实在是不好意思把自己的画拿出来给别人看，你看现在网上那些画手公布的作品都太精彩太漂亮了，我完全不能比。"结果他最后回复我一句："是的，厉害的很多，那又怎样呢？你就是你。"

　　似乎真的是这样，世界上确实有很多东西是不可比较的，我们看起来无条件无原因地喜欢一个人，一件东西，其实这一切都不是那么随意，都有一个强烈的因果关系在其中。我们享受了什么，就要去承受什么，这里没有免费的服务。我们从来都在为自己买单，可能是过去也可能是将来。

所以我开始回顾我自己。20岁的时候住阁楼，穷得房间里连张椅子都没有，为了省房租出来做道具，结果差点被热晕；22岁的时候过度上妆导致皮肤重金属中毒，为了拍造型冬天被泼冷水；24岁创业艰难，每天只有七块钱伙食费，饿着肚子也要给大家发工资，还得面带笑容鼓舞士气，加上工作强度大后来直接晕倒在厕所。这几年为了开发产品长期接触化学原料，手指和呼吸道都受到了损伤。是的，这些都是我真正干出来的拼命事儿，我一个人当一个团队来用，还得常把面子撕下来放在地上碾给别人看。也有时会和几个兄弟关起门来喝得天昏地暗无所畏惧……

　　细数下来我敢理直气壮地说我所有享受的都是我应该得到的，大可不必患得患失，更不应该妄自菲薄，因为我都买过单。

　　所以很多时候我们真的应该意识到，不是别人运气好，只是自己不努力，你完全可以变成你羡慕的人的样子，就看你对自己够不够狠了。如果觉得自己已经很拼了还是不行，相信我，那只是你已经习惯了懒惰才觉得这种程度也很困难，不行不是因为别的，就是对自己还不够狠。

　　我们变成什么样子只有靠自己的双手，只有自己永远对自己负责。常听说的"善待自己"是对那些对自己太狠的人说的，如果我们还没有拼过就想着怎么去善待自己，那就注定我们面对别人的辉煌只有洗洗睡了的常规结局。

关于青春

关于青春的讨论实在是太多了，还没有一个结果，这个话题就已经变得老掉牙以至于土气。

家里的成员，每一个都时常用各种方式不断诉说着青春的痕迹。外公的青春是忍饥挨饿，是艰苦奋斗，是愤愤不平；老妈的青春是毛主席万岁，是大学的寝室，是工作单位；而我们的青春大多是个序章，和学校的那部分密不可分。

我依然无法用语言总结我对青春的感受与定义。我认为青春就是一长串脚印中不规则的那几步，没有踩到火线也没有掉进沟里，却显得如此"不守规矩"。因为在无尽的平淡重复中，那些反复进行的事情你不会记起，就像你永远不记得自己做了多少本练习册，多少试卷，打过几场篮球，但是被罚站那几次因为什么原因却记忆犹新。结局或好或坏，不管过去多少年的同学会，那些共同捣鬼的记忆都是辨识对方与找回感情的二维码。

这些被记起的，在我眼里就是青春。当我们随着生活状态的凝固与习惯，背上背负的东西更多，就走得更慢、更稳，不会甚至也不敢再有跳跃或舞蹈而留下的活泼脚印。当这些脚印不再出现，青春也就消失了。

不过既然是亲自踩出的向前的脚印，那就没有什么能阻止这种脚印的再次出现，青春是随时都可以回到身边的，只要愿意付出代价。还是那样，不踩火线，不掉水沟，算好距离纵身一跃。

不管是在什么年龄，我们与朋友一起长谈时，都喜欢怀念过去，大多数时候感觉过去比现在更加美好。我有时候怀疑这种想法是一种意念上的模仿或者是习惯也未曾可知，因为从来都是看到更年长的人怀念过去，怀念青春。这似乎成了一种成熟的代码，而相对年轻的人又是如此痴迷成长与成熟，所以现在那么多青春尚未结束甚至还没开始的人就提前开始缅怀。也有可能是成长的节奏太快，或者成长的任务太多，年轻人被迫早早就开始了规则的步伐而感到生活乏味，失去勇气并感叹"年华老去"。

　　后来我意识到，一成不变的沉闷与内心的束缚，会让即使年轻的人，也再难踏出那些不规则的、留在轨道外的、能让我们记得的脚印。

　　所以真的不必悲伤，不用说现在我们尚且年轻，就是更老，青春都可以当即谱写。

　　小学的时候，班里有个"差生"，大家叫他刘闷灯。有一天他告诉班里的男生，他发现一条"秘密通道"，景色奇美，充满了冒险元素，而且从那里回家速度奇快。于是很快结集起一帮以他为首的男生，放学再踏桃源。结果又是翻墙又是爬下水道，奇景也只是一条长满青苔的大水沟，路程比走大路回家还得多走几里路。家长急得四处寻找，每个人回学校都挨了老师一顿猛批。但这次经历中的每一张脸每一个表情，以及那片水沟，我现在想想也觉得精彩无比。

　　幼稚真诚，豁得出去收得回来，无畏与挑战，这就是青春。年龄确实是青春最大的筹码，但是并不是青春本身。青春是一种冲动，无畏与坚持的精神，在我们心中不可磨灭。

关于梦想

我时常在微博上收到中学的同学发出的这类私信：

"请问怎么能像你一样坚持自己的梦想？"

"现在阻力很大，不知道自己的坚持是不是对的，有没有结果。"

诸如此类。

其实答案很简单。

比如很多人工作学习的时候总是想着下班或放学，下班或放学以后都是在打游戏或睡觉，而我已经连续八年的时间除了春节没有享受过别的假期。谁对自己够狠，谁就实现梦想。常年做一件事情，就会觉得乏味与枯燥。做自己喜欢的事，自然是难得的快事，但当喜欢做的事情变成常年面对的事，我们又会再次却步。这时候我们难免会给自己找起理由，或怪客观条件，或遗憾人心不古。其实是我们一开始误会了梦想，选择坚持梦想，就等于选择了一条孤独和磨砺的路，这条路很可能要用一辈子的时间去走，还不一定能走到尽头。这是一条勇者的路，所以才如此辉煌与受人推崇。坚持一个星期，几个月，甚至几年可能都是不够的。梦想就是一件你要常年坚持的枯燥的事，而不是单纯做起来很开心的事。单纯开心的事情那不是梦想，是娱乐。梦想是熬过了枯燥与孤独后的那朵花。

一些 "八卦"

一群人在一起的时候聊什么？或者说我们希望一群人在一起的时候聊什么？

聊天不八卦似乎就不是聊天。但其实"八卦"是个中性词，并不代表就是一件不好的事，更不是说只有女生才热衷于八卦。夸张点说，人类社会的发展，除去科学的部分，应该也是在各种八卦之下发展起来的。

听八卦也是测试自己的一个好办法，喜欢听什么样子的八卦，对自己当下的心态是个很好的反应。

我们热衷于看到一个过得不错的人倒霉，或者看不惯一个人一帆风顺的时候，自己其实应该提高警惕，因为这是一种很危险的心态。人之常情是在弱势者遇到困难时雪中送炭，对过得比自己好的，却连冷眼旁观都难，多是有意无意地落井下石。我们一厢情愿地相信弱势者的困难必然来源于真实的黑暗，而优势群体的挫折就必然是报应，这是一种赤裸裸的偏见，是内心的自卑与懒惰所导致的。我们在别人的强大面前感到自卑，但是又不愿意付出努力，所以宁愿相信这一切都是作弊"偷来的"。但如果有这种想法的我们用这种逻辑来反观我们自己呢？我们只是坐在这里，或者喝着碳酸饮料，或者敲着键盘，靠着别人的失误或者愚蠢来让自己得到一种优越感或者存在感，只能反映出我们自己也很无能无知。

从踏入二次元开始，我好像就很容易卷入各种关于是否商业与是否纯粹的争论。

我这人喜欢分享，喜欢各种各样的人都来分享我在玩在做的事情，让大家都能体会我的快乐或者能从中找到自己的快乐，我爱众乐乐多于独乐乐。但这总是会触犯一些朋友，他们非常反感自己喜欢的东西被太多人知道和分享。这是人性常备与共存的两面，分享与独占。但是建议不要用"高端大气的东西被太多人接触就不高端了"这种内心独白骗自己，更不好说什么自己的爱因为太多人喜欢就"累"爱。借一个我很喜欢的化妆师的话来说就是"这样就会累爱的爱，那不是爱，是装哗——"。不要给自己的纯占有欲披太多美丽高尚的外衣，直面自己的占有欲，反而才是真的大气。

当然，把自己的喜好或者爱好放在分享或者占有的位置，都是没有对错的，最重要的是互相的尊重。理解和尊重别人的方式，寻找适合自己的方式，是最好的。至于我自己扮演大魔王还是别的什么角色，我都很尽兴。

大阪
OSAKA ◆

玩物

　　大概是中学的时候吧，有一次在爷爷家过年，一家人坐着聊天，我姑妈突然说："你看小弟娃儿的习惯一点儿都没变！手里一定要有个耍法儿（玩物）！"然后满屋子的人都笑了。

　　她不说我完全没意识到，我手里正在玩一个"最终幻想"的钥匙扣。而且从"一点儿都没变"这句话，我才意识到这应该是我很多年前就有的习惯了。

　　细想一下似乎是，我就是非常非常喜欢"手里握着一样东西"的感觉，只要是自己喜欢的，东西的价值和材质无所谓。到现在我自己还有印象的，包括买的书、文具盒、硬币、自己捡回来打磨的石头，用水泥搓的水泥球，甚至有碎玻璃……还有大学以后自己买的各种"手办"和玩具，以及现在喜欢玩的木头和珠子。

　　我买玩物的时候，体积大小和构造都是我的重要审核条件之一，因为这直接关系到是否方便随身携带。如果喜欢的东西弄丢了或者损坏了，我简直寝食难安。而损坏的东西，即使购买了新的代替品，我也一定会想方设法把坏的修好，并且还是会带着这个瑕疵品东奔西走。或者说我更喜欢瑕疵品，因为它更结实，上面还有我留下的痕迹。

　　我一直认为这是一种很正常的状态，就像女生喜欢买包，男生喜欢电子产品一样，是一种天生的癖好，直到我大学班长在一次对我的书面评价中写道"令人难忘的恋物情结"，我才再次想起中学时候姑妈说的那句话。

评语中只用了"情结"这个词，还没有上升到"癖"，就跟说我"脑子不好"但不至于是"变态狂魔"一个感觉，终究还是欣慰的。

我的优点就是喜欢自我审视，所以我从那时就开始推敲自己究竟为什么会这样，每一次看到新东西，从想要到拥有，究竟是源于怎样的一种情绪和客观环境。目前我只能这样总结我的这种情结：

我喜欢幻想。我可以忽然进入一种自己的世界，忽然在车上比画起来，或者走在商场里莫名地跳起来。而我脑子里忽然蹦出的世界与情绪，它们需要一个出口，这个出口就是我手里的玩具或者把件。它们在我手里，我就有了天地，精彩的故事可以随时在我眼前演绎。

另外就是占有欲。没有什么能比我手中的玩具更能证明"这是我的"这个概念。没错，在这个世界上，人与人，人与物，来来去去，忽然邂逅又匆匆分离，无常中能抓住什么东西让人有点安定的感觉。它们与我相遇，我把它们带走，不再分离。

所以我搬家的时候，一个人的东西就会装满一辆中型卡车。

最后就是，我怀旧。我不善言辞，懒于文字。我们总是要把生活中一些重要的事情通过什么媒介记录下来的。你的可能是日记，我的则是玩具。所以我喜欢带着一些我喜欢的东西，让这些东西跟着我去经历一切。也许我潜意识里需要陪伴，又讨厌被麻烦和麻烦别人，那么有这么一个不会抱怨的同伴简直完美。有它们就让我有一种莫名的勇气，看到它们，无须注解我就能想起它们和我一起经历的故事。

与其说是"恋"，不如说是一种"依赖"。我泛滥的情绪不想打扰你，于是需要有个容器。每个人的性格因为这样那样的原因都可能会缺失一小块儿，补丁就是你所想依赖的那些小东西们，可能是小动物，或者其他什么都好，甚至是一种情感。而我的"补丁"，刚好是这些不起眼的小物件和塑料小人儿而已。

大阪忽然下起雨。我躲进路边一间小神社，边上都是躲雨的人。所有的人就这么站着，一言不发。一般在这种时候，我就会把身边的人挨个看过来，然后给他们每人设定一个故事背景：被老板臭骂，但是因为女儿考上好大学依然面带笑容的小山田先生；被不喜欢的人表白而愁眉苦脸，不知道怎么拒绝的，名叫幸子的女孩子；还有应聘失败但是求爱成功的大友君等等。然后我打开背包，拿出我随身带着的变形金刚，扭动上面的关节，让它咔咔作响，又或者取下我的手串一颗一颗认真拨弄。此时我脑中其实一片空白，但不管过去多久，只要我再看到它们，我就会想起这个雨中的神社，像是一个伪装成地球人的外星人，在用独有的代码记录生活与岁月中的一切。

认同的代价

我以前看过一些文章,说日本人喜欢樱花是从什么团结精神出发,而国人喜欢牡丹,表现的则是崇尚一种大气,一种骨子里的高傲。类似的文章其实还有很多,我以前觉得很牛,分析得很透彻,现在想想,其实都不大靠谱。

为什么日本人喜欢樱花就不能是因为它漂亮呢?星矢保护雅典娜为啥就不能是因为她好看呢?回头想想我为什么喜欢牡丹呢?……等等,我并不喜欢牡丹!我喜欢的是仙人掌!我们喜欢一件东西为什么不能因为更直白的原因?我们为什么不能讨厌大家都喜欢的东西?

不知道是不是因为这一代人的教育方式,我们好像总是不够自信去面对或者表达自己最真实的感受与想法。就像以前在幼儿园,不说出个"长大了要当科学家"之类的伟大理想都不好意思抬头见人。

我很久以后才意识到,人与生俱来的学习能力和保护意识有多么惊人。我们善于观察与吸收,看大环境小群体都喜欢怎样的模样,然后我们会学着把内心的愿望包装成这个样子,说出来得到大家的认同甚至推崇。有的干脆就抛弃自我,直接把别人喜欢的皮囊拿来自己穿上。就好比我要当个"科学家",但是我完全不知道科学家除了穿白大褂还要干吗,可能我还并不喜欢白大褂。一般情况下,大家都会对这种谎话心知肚明,甚至抱有一种赞许的态度。据我所知很多人都选择了这种更容易被认同的包装自己的方式,把自己打扮成与某个群体相同的样子催眠自己,接着为了巩固这种催眠将否定自己的人臆想为敌人去攻击,而且战斗力惊人。

当你越来越深地陷入这个游戏，就会离真实的自己越来越远。

在这个过程中我们慢慢学会了撒谎的技巧，重视这种认同感直至它变成了自己唯一的存在感，最终失去自我而不自知。这种存在感如此廉价，因此频繁更替，昨天还喜欢得要一生一世，明天就可以说你变了不得不"一生黑"。这种群体朝秦暮楚，实在让人恐惧。当然，我也并不鼓励我们就此变为一个坦率得毫无防备，或者刻薄的人，只是要明白自己的底线在什么地方。在不伤害别人的前提下，这个底线就像为自己的意志留一扇任意门。

如果认同的代价是失去自我的话，我当然宁愿不被认同。被扭曲而来的认同比平淡的真实可怕得多。

我相信一个人如果能在这个世界上留下什么痕迹，他一定是真实的。我们需要努力，但不是努力改变自己而被认同，而是努力走到认同自己的地方去。如果你觉得自己足够强大，是个背负命运的圣斗士，那你甚至不用寻找，只需要等到圣域的使者来抓你回去。

我经历过很多次孤立无援或者说是独自作战。很多年以后，那看起来并不是什么大事。但人类毕竟是群体的生物，被孤立所带来的恐惧和心理压力是非常难熬的一种体验，或许正因为如此，"认同"才被看得如此重要。我很敏感，一度简直是个"刷"这种"被认同"的存在感的天才，为了博得好感就算立刻从北斗神拳切换到美少女战士都没有问题。

但随着时间流逝，我发现这种事情完全没有意义。这种"认同"的价值对你的生命的影响，大多微乎其微，有很多莫名其妙的审判我根本不需要去面对。如果我们足够自信，根本不需要这种"认同"，更不用说还要付出"失去自我"这样昂贵的代价。

　　就算是孤独的，又有什么关系呢？不管发生什么事情，窗外依旧春暖花开，去一片绿地，看一部喜剧，继续全心投入自己喜欢的事里。在我们这个年龄，没有什么能阻止我们的快乐与自由。当你明白这一点，企图磨灭你自由思想的规则、形式与审判都会灰飞烟灭，只有到此时，你才真正成为故事的主角，变成真正的圣斗士或者美少女战士。

　　你甚至会发现有人为了被认同与获得存在感在努力模仿你。

　　我渴望被认同与肯定，但绝不屈就于它。

　　我爱仙人掌，我会称霸世界，并且我们一开始都是自由的。

美丽与内涵

我不知道从什么时候开始，"美丽"和"有内涵"成了世仇。

很显然，根据自然规律和物以稀为贵的原则我们都能判断出，美丽的人肯定是少数，属于特权阶级，特权阶级在舆论上自然是比较被动挨打的一方，但实际上的地位……大家懂的。

据我观察，这一点在娱乐圈最为明显。大概在20世纪90年代，娱乐圈有了"偶像派"和"实力派"的区别。显而易见，偶像派就是美人派，但有别于美人派的又不能叫"丑人派"，所以所有长得一般到不太好的都改叫"实力派"了。从这个称呼反推过来，偶像派差不多就等于是"没实力派"。"自古红颜多祸水"，加上每年的各种八卦丑闻大戏，更是让这种观念根深蒂固。但事实上据我所知，优秀的艺人，就算是偶像派，所经历的磨砺其实是和"实力派"不相上下的，却平白地受到一种莫名的鄙视。

因此好看的人，在备受推崇的同时，做什么事情想要被认同，反而是异常艰难的。因为要诽谤他们太容易——外表好看，意味着没有内涵，意味着潜规则，意味着走后门，意味着一切灰色的可能性，甚至意味着诱惑与罪恶。外表的一切美好都是表象，是虚幻，内在不好的才是真实的。

记得我小时候和同学聊起偶像，就算心里喜欢的是最好看的那个，也会选个不那么好看的说自己喜欢，并且要标榜是喜欢其才华。如果坦承喜欢的是好看的那个，就有被嘲笑"肤浅"的危险。

随着时间的推移，"眼球社会"这个概念更是把"好看"与"不好看"的矛盾推到了新的高潮。有些人开始热衷于"扒皮"运动，把所谓的"好看的人"放在阳光下曝晒，以确定美丽是不存在的；而有一些人相信外表就改变一切，无所不用其极地不断追求外表的美丽，强调"好看就是这么吃香"的现实。这种互相矛盾的价值观的强烈碰撞简直让我们无所适从。

其实"眼球社会"从来就是有的吧？对美的追求是再正常再正当不过的事情了。为什么我们不能相信人可以又美丽又有内涵呢？其实美丽并不只是指天生丽质，外形的美丽需要付出的努力与填补内涵一样的辛苦。天生的美丽就像钻石一样珍贵，但这并不值得炫耀。通过自己的努力变得美丽起来，才是真的厉害。这就好比一块有瑕疵的玉，经过你的努力雕琢成为一件独具匠心的美丽的艺术品，反而更加珍贵一样。

对于很多喜欢"扒皮"的人，我更是觉得很可笑。

我有一位好朋友说了一句我特别认同的话："很多人说我并不是真的漂亮，说白了就是说我不是天生就这么好看！我当然不是天生就这么好看，正是因为我不好看我才要追求美，正是因为有这样的动力我才会一直追求变好看的每一个细节，最终我修饰了我的缺点，我当然变好看了。"是的，其实这种喜欢扒皮的人，就好比一个人成绩没你好，却要怪你比他更用功，以此来表达其实你和他一样笨，而不是想着自己好好努力也聪明起来，这不是很荒谬吗？为什么有内涵就一定意味着眼睛要受罪？实在是不能明白。

在我的眼里，从不好看变得好看，也是大多数人包括我自己需要的一种修行。这和从小学习的语文数学化学物理是一样重要的。每个人都有自己变得好看起来的途径与方法，找到它，坚持它，征服它，是这一生中最美妙的事情之一。

我以前不说很肥硕但是也不苗条，后来为了穿进一条买回来又穿不上的超级好看的裤子而去减肥。每天计算着食量，三伏天裹着保鲜膜穿着棉袄去长途慢跑，硬是减下10公斤来。这种疯狂的事情我自己想想都激动，而且每次遇到难以征服的困难，我都意识到，只要我方法正确，有足够的毅力，我就能征服它，不管是生活上的还是工作上的，因为我已经成功过。

好看和有内涵从来都是孪生姐妹，懒惰与嫉妒两个巫婆把她们一分为二了。

少年，我相信你一定是百年难得一遇的救世奇才——让她们相逢吧，至少在观念上……

纽约

NEW YORK ◆

公路情结

学生时代，我曾经看过很多公路电影。

典型的公路电影多产于美国，比如《邦妮和克莱德》《末路狂花》《天生杀人狂》和《德州巴黎》。美国号称是"装在车轮上的国家"，美国人对汽车的感情就像中国人对自行车的感情那样深厚。无论是传统的公路电影，还是以公路作为元素从而烘托出更高层次含义的电影，电影的线索一定是——"公路"。

由于内心对公路电影一直抱有一种情怀，因此有时会忍不住幻想，和朋友一起开车进行一场公路旅行是什么感觉。当然，前提得是开往人烟稀少的公路——国庆黄金周时段国内的公路，我可不敢去体验。

当我确定去德克萨斯州参加人偶艺术展的时候，我想起了我的公路情结，于是非常随意地对远在加州的小伙伴说："你说咱们开车过去怎么样？"

"你是认真哒？"加州这位小伙伴是个处女座的妹子，她很认真地接下了不靠谱的双鱼座的随性攻击，并且竟然真的开始认真考虑了。

"你是真的要开车过去？"——认真思考。

"真哒！"——不负责任。

"你知不知道我们几个里只有我一个人有驾照？"——认真盘算。

"知道！"——非常随意。

"从加州开到德克萨斯州，中间还要横跨亚利桑大州，我一个人得开两天……"——研究 Google 地图中。

"我相信你！"——拍起马屁。

　　最后，认真的处女座妹子经过认真的考虑，终于接受了我这个荒唐的念头，就是从加州直接开车去德州。去程两天，回程两天，司机——只有她。

　　下定决心以后，妹子又认真地问了我："话说你究竟为什么那么执着，非得开车过去不可，这世界上明明有一样东西叫飞机……"

　　"我就是想看看德州的公路长得是不是跟电影里一样。"我给了她一个很随性的答案。

　　虽然当时隔着QQ，但是我能想象到，妹子脸上一定是充满了"我居然是为了这么一个无聊的理由，就要一个人开车来回四天……"的精彩表情。我以为她一定会发飙的，孰料处女座的妹子也不是吹的，她只是淡淡地回了我一句："那条公路从头到尾风景都一样……"

　　这句很煞风景的话丝毫没有扰乱我的情绪。或许男人天生就有一种奇怪的浪漫，喜欢奇怪的东西——比如冷兵器，又或者内心藏有奇怪的执着。

　　我的执着就是，我必须在德州的公路上进行一场公路旅行，哪怕开车的不是我。

摇滚精神

曾经有一段时间，我觉得如果我不听摇滚乐就一定会死。当时上班的地方，同事特爱放一些当红的口水歌，并且总是无限循环播放。我曾为此无比烦恼，觉得这样下去我的耳朵一定会完蛋。这类烦恼我曾遭遇过不止一次，比如，刚离开四川去杭州上学的时候，我对于"杭州的菜一点都不辣"感到非常烦恼。我认真地烦恼了好几天，想到以后就不能吃川菜了，眼泪就忍不住要流下来。

后来呢。

我望着窗外越来越黑的天色，听着希尔弗斯坦（Silverstein）的歌声，思绪越飘越远。后来，我慢慢没有时间听音乐了。再后来，无论周围的人放什么音乐，我都可以试着去听，甚至跟着去唱。

我发现如果我想吃川菜，不一定非要在四川。这个世界上有的是好馆子，就算在纽约的第五大道上，你也可以找到正宗的川菜馆——只看你是不是认真去找。

人总是在改变，被环境改变，或者被时间改变。你可以从一个高喊摇滚不死的少年，变成一个在 KTV 跟人一起扯着嗓子唱口水歌的青年。有人会说：你变了。你的摇滚精神在哪里？你做设计的初心还有没有了？当初的你看到现在的你，会不会觉得很痛心？

变了吗？或许吧，但我心里一直藏有些许浪漫。如对于公路电影的执着，如对于摇滚精神的喜爱，如年纪一把了还收集各种各样的玩具，如，虽然不会开车，却非常喜欢车。这些小小的情怀经常都在沉睡。一个普通的工作日，起床，我告诉自己，今天要解决的是 ××× 问题，今天下午要完成的是 ××× 的雕刻，今天晚上要做好 ××× 的计划，然后是忙碌的一天。在无数这样普通的工作日里，那些曾经占据我内心大半地方的小浪漫小情怀，被慢慢地压缩了。它们变小了，但是它们始终还在那里。

梦想的力量

圣安东尼奥是一座安静的城市。

我的酒店就在河边，非常悠闲与安逸。街道上时不时出现的牛仔古着店与到处都能见到的六角警徽倒是不断地提醒着我们，这里曾经是危险与狂野的西部。

酒店下面有一家重金属酒吧，即使在白天也停着成列的哈雷机车，让我对这个城市充满了各种类似经典电影中的情节的遐想。

来圣安东尼奥是因为受邀参加一个海外人偶艺术展，展会在我们到达这座城市的第二天下午开始。

开始之前有个小插曲。我们负责接头的妹子与主办方对接完展出事宜回来后，笑着说主办方非常惊讶我们竟然如此年轻。我当时想："不会吧？"结果第二天到了现场，我也有了同样的惊讶——为什么这里有这么多"老奶奶"……虽然之前是有耳闻，在美国，人偶的收藏者里老年人占了很大的比例，但是在现场一下见到这么多"奶奶级"人物，还是深觉震撼。

其实想想也不奇怪，因为在美国，收藏人偶是一种传统。在这里展出的人偶多有几十年乃至上百年的历史，所以她们并不是"喜欢人偶的老太太"，而是"曾经的喜欢人偶的少女"……

刚开始我实在是不大适应这个场面。语言隔阂都不算什么，这种年龄差距实在是让我备感局促。我感觉这不像以往那样，面对的都是同行与客户——这一次我面对的都是长辈甚至祖辈。不过很快，在跟过来打招呼的几位长辈交流过后，我又有了新的认识。他们并不把我这个异乡的年轻人形师当作是晚辈，他们的言语中，更多是对我们的友善、支持与好奇。

　　展会里有几位老太太让我印象尤为深刻。
　　有一位体形清瘦娇小，背微驼，但是妆容精致，举止优雅，带有非常明显的美国黄金年代的气质，背影瘦削但是看上去充满了力量。她的发型复古，是典型的 20 世纪五六十年代美国时髦女性的款式，头上的装饰也相当精致。她很少笑，总是坐在角落，极少主动与人交流。她的言谈举止中带着让人并不厌恶的刻板与骄傲，她仿佛就是出生那个时代的公主或者贵妇。
　　她被自己亲手完成的人偶们所簇拥——这些人偶的服装颜色甜美，装饰极其华丽，每个都是花团锦簇的公主。老太太亲手为每位公主制作了一本故事本，里面有关于这个公主的档案、故事与照片。这些作品惊艳得让人过目难忘。每当有人走进她的展览区，她都会带上圆形的金边眼镜，微笑着向你问好，细心讲解任何你想要了解的、关于她亲手制作的公主们的一切。
　　展会的最后一日，我鼓起勇气过去和她聊天。

她的骄傲气质让我本以为会被礼貌地拒绝，结果并没有。她说话很慢，声音却很明亮甚至略显尖锐。令我意外的是她还很爱开玩笑——数次问我有没有遇到骑马的牛仔。当然，她表达得更多的是她对人偶的喜爱。言语间，她时常微笑着轻拍我的肩膀。在谈话中，她说的一句话让我受到很深的触动："很开心越来越多的年轻人加入。　我们都是快要入土的老家伙了，如果没有人继承，那这些人偶也只有与我们一起进坟墓了。"

　　这句话有种自我调侃的感觉，但是又带有一种倔强的骄傲与坚持，我可以清楚地感觉到一个坚硬、精致、易碎的梦。这些独一无二的手工人偶，是她的公主情怀的出口，是她缅怀那个一去不返的黄金时代的方式。我不禁开始遐想这些精致的手工故事本里记述的过去——哪些是在讲述陈旧但是美好的故事，哪些是在缅怀她自己短暂而又热烈的青春。

　　坐在展会角落，拥有最大的展区的是一位胖老太太，她的展区简直是一个人偶工厂的现场。

　　娃娃们的衣服，身体，各种新旧程度的零件配饰，都按新旧品类摆放得异常整齐。我去观摩的时候大吃一惊——这需要付出非常惊人的耐心和大量的体力与时间。

　　不起眼的角落里有一个破损的陶瓷娃娃头，我先后去看了三次。虽然是一个破损零件，但是简直令我爱不释手。我把它拿起来看了又看，依旧能看到它最耀眼的时候令人惊艳的样子。

胖老太太看我对这个残片感兴趣，凑过来笑着对我说："20 年代德国制造的，正宗的德国货。"

　　"哇哦！您居然记得它的年代与产地！"我脱口而出，顿时心生敬佩。

　　"当然，这里的每一件东西，都是我从世界各地收集回来的。它们都有自己的故事！你看它们身上系着的这些小牌，上面都有标注。"说着她从玩偶的头部内侧掏出一块系着麻绳的牛皮纸牌，上面写着"Lilith 1920 G……"

　　"原来它还有名字！"我很惊讶。

　　老太太又笑了："名字是我起的。这个娃娃是从废品堆里收回来的，之前的主人们给她起的名字已经考证不了了，不过这边大部分娃娃都是沿用之前主人赋予的名字。"

　　说着，她的手指向另一边的一组成色很好的娃娃。

　　这些小挂牌让我对这位老太太肃然起敬。原本这里的规模就让我觉得叹为观止，而这居然不只是陈列与归类，这简直就是一座颇具规模的档案馆！每个零件的来源，生日，它们的故事——所有的资料都被详细整理和记录。这里像是一座有爱的孤儿院，人偶们等待着有缘人的认领；又像是一间温馨的养老院，让这些陪伴着几代少女度过美好青春的人偶们在这里休养善终。

　　而这浩大的工程，竟然都是出自这个行动笨拙的胖老太太之手。这是一位怎样多情与倔强的老妇人，不允许眼前有一件装载过少女梦的人形容器无处安放。

　　这些老太太们或收集，或手作，或修缮整理，无论是她们的作品本身或者是她们的收藏品规模都令人感叹。

需要怎样的精神才能支撑这一切？我不禁重新审视起自己。

我们拥有年轻的躯体，三五成群血气方刚——但我们也只是在梦想的道路上艰难前行，感觉茫然甚至放弃的人更是数不胜数。

这些老人年迈无力，行动迟缓，大部分还形单影只，却坚守着这样一个外人看起来或许怪异或许幼稚的东西。

这是什么样的力量与精神呢？只是对梦想的坚持？对青春的怀念？或许，这一切仅因为少女时代对人偶的一个承诺，抑或是对爱人的思念以及对自己生命碎片的整理。

这可能是一把不起眼的小钥匙，而它打开的是通向梦想、通向生命意义的大门。

五天的展会结束后，我们互相拥抱赠送礼物留作纪念。

看着她们熟练但缓慢地收拾着自己的展位，那种岁月留下的不可磨灭的悲凉感反而放大了她们因坚持而被赋予的高贵。

你可以感受到守着娃娃的老夫人与骑着哈雷机车的年轻小伙一样帅气，这是跨越了年代性别与时空的鲜活灵魂的躁动呐喊。

她们将老旧的人偶的肢体从零件堆里刨出来，重新分类组装修理，就像在整理自己的青春残片。这些娃娃的年龄与她们相仿，她们擦去人偶身上的灰尘就像是擦去人世几十载留在自己身上的年华印迹。梦不在于大，更不在于高尚，生命中任何物体都能成为梦的载体，只要我们坚持专注于我们注入梦想的这些东西，彼此都能再次展现出生命中最美好的样了。

东京
TOKYO ◆

Don't go too fast,
you will lose your heart

　　在东京的秋叶原，有一座隐藏在楼宇之间的小神社，鸟居大概只有两三米高，神龛的位置可能就一两平方米，很精致，安静。

　　逛得累了，坐在街道对面，看着迷你神社在周围众多楼宇间独自表演。偶尔几个过路的上班族匆匆跑过的时候，像被什么力量拽了一把，倒退两步，也不进鸟居走近神龛，只是在外面站直，啪啪击掌几声合十敬礼，又继续小跑前进了，像个小孩儿见到长辈。

　　现在打开电脑或者手机，除去国家大事，不管什么圈子，我们不是看到谁倒霉了，就是看到谁发达了。这种潜移默化的催促，让我们总是在快速地奔跑，因为不发达就要倒霉，或者"对不起自己这一辈子"，总是要"成功一把"。自己拼了命一路厮杀，啃书啃得天昏地暗，加班加得呕心沥血，回头也只能说是比上不足比下有余，忽然就变得心力交瘁起来。

　　是啊，20 岁到 30 岁，拼了这十年，静下来发现，没有呼风唤雨的地位，没有挥金如土的实力，没做出什么能让同龄人交口称赞的大事，甚至没有一段刻骨铭心的爱情。顶多也就是有个地方住，有件事儿在做，有个人在身边。好像是大陆的边陲小国，永远不值得引人注意，和这个小神社一样，在这些楼宇间，难见天空，也没有自己的名字。

　　让我们停一停，因为至少我们还在这里。

我们因为看着楼宇所以看不到神社，我们看着别人反而看不见自己。但我们自己就是那一间小神社，我们一直在被人需要，只是自己并不知道。什么样的位置，什么样的 DNA 已经在轮回中决定了我们被什么人需要，搞不好我们自己可以在冥想中找到自己的位置。

　　我能悠闲地坐在这里，看着这个小场面，是我没有成为高楼而得到的小幸福，我的身边总有那个会倒退两步向我双手合十的人，就像我现在起身，对着这个迷你神社双手合十一样。

这些图片都是自己的过去。

我们在面对过去的时候一般都是两个态度：高歌，低吟。

那些快乐的，光荣的，我们都乐意去歌颂。

有些悲伤的，耻辱的，我们都独自去封存或者遗忘。

我们忘记了还有一种方式，就是静静地陈述。

是的，其实我们普罗大众的人生，大部分都是平静的，我们存在的记忆也唯有陈述，才能保存与传送。

平凡的，在哲学上来说就是伟大的。

我们在通往各自的伟大的道路上，都需要记得自己。

记得每一个最初的故事，和那些唯一的经历。

我把那些小感动，小焦虑和迷茫与大家分享，在我们一起成长的路上。

黄山

二〇一五年十一月